Copyright © 2025 Nabiwabook
All rights reserved.
By Suyeon Bae
Translation by K. H. Yoo
Designed by Joe Fitz

Tel: 010-8227-8359
Website: nabiwabook.com
E-mail: nabiwabook2021@naver.com
Instagram: instagram.com/nabiwabook_publisher
Blog: blog.naver.com/nabiwabook2021

ISBN: 979-11-989928-6-4
Publication Registration: 2025.04.21

This is a work of fiction. The names, characters, places, and incidents portrayed in it are either are the product of the author's imagination or are used fictitiously. Any resemblance to actual persons, living or dead, events or locales, is entirely coincidental.

All rights are reserved. No part of this publication may be reproduced, stored in a retrieval system, or transmitted in any form or by any means, electronic, mechanical, photocopying, recording or otherwise, without prior permission of the publishers.

PEHERA'S CURSE

Suyeon Bae

Translated by K. H. Yoo

나비와북
Nabiwabook

PEHERA'S CURSE

Ready? One, two, three... *click*.

My brows knit together at the flash. Mary walks toward me, and that unabashed laugh of hers hangs in the air.

How does it look? At my inquiry, Mary shrugs and shakes her head. Who knows. We need to develop the film first. I nod. That's right. With film cameras, there is no way to know if you blinked, or kept your eyes open, or if you're even in the shot at all. I think of the camera, the one that contains a roll of film with just one photo left. The one thing my father left his family before he died. My mother's record.

SUYEON BAE

[Entry 1]
    The sun shines like a spotlight. A dance that commences when a clear glow hits the earth. The souls that have been saved by its elegant movements. A butterfly's duty begins there. (……)

[Entry 2]
    When the villagers first began worshiping the butterfly, a terrible famine took hold of the town. The butterfly was burned at the stake. Everyone watched as flames engulfed the butterfly's wings and spread out to the rest of her body. In a silence so perfect that a single breath would have shattered it, the butterfly burned to death without so much as a cry of pain. The beautiful butterfly, adorned in exquisite red and green coloring, was swallowed up by history. After that day, not a single red and green wing could be seen anywhere. Now she is just part of history—or rather, legend.

[Entry 3]
    (……) No one knows when or where the butterflies came from. They were only ever found in this village, one at a time, so the outside world has no knowledge that such a creature even exists. (……) The butterfly does not leave the cave in which she dwells. Only the butterfly and her guard may enter this cave.
    (……)

PEHERA'S CURSE

The page rustles as I turn it. The tiny letters filling every inch of the paper is nausea-inducing. I highlight the parts my eyes skim over. The research notes, given to me as part of the disciplinary action taken against me, is eating me alive and giving me a headache. Who would enjoy poring over notes that might or might not be history, that could be just a folk tale and not true at all? Study the butterfly. They might as well tell me to resign. It's tempting, I admit, but I'm far too guilt-ridden to quit. I just hang my head in shame.

"Did you look at the notes?" Mary asks as she hands me a coffee.

I nod and accept the hot cup. Suddenly I'm aware of the dark bags under my eyes from many sleepless nights. Mary takes off her white lab coat, drapes it over a chair, and snatches the papers from my hands.

The sound of turning pages slowly fills the otherwise silent office. I look out the window. Dark already. Mary pushes her glasses up her nose and places the papers on the desk.

"Are you going?"

"Is that a real question?"

"Should I apologize?"

"Whatever. I'm the one who blew up the lab."

"To be fair, it was you and me both."

I squeeze my eyes shut and sigh. My head pounds. "Should I apologize again?" At Mary's words, I shake my head. Of course I don't deserve an apology. Mary's part was an accident, whereas I was the cause of everything. Mary was simply there, next to me, but she had claimed the bystander was at fault too and apologized to me profusely. "I should have paid closer attention. I'm sorry." I listened to her repeated apologies and burst out laughing. Mary says that was when she knew I had lost my mind.

It was true. As I laughed, my only thoughts were that I wished I had been the one to die instead of Pehera. Now that I think about it, the accident may have been half deliberate. There is no way I couldn't have known this would happen. Nothing is clear. Whenever I think back to the incident, my head fills with fog.

Our lab is a life sciences laboratory that is attached to a for-profit business. Pehera is the result of our dedicated efforts for the past three years. Neither plant nor animal, and certainly not human, Pehera would occasionally let out a scream that seemed to contain all the pain in the world. It laughed like a maniac when we injected plant DNA into it, and it made terrifying gasping, gulping noises when we injected animal DNA. Most of the time it stood as still as a taxidermied animal, but it roared like a predator whenever it saw an insect.

I am certain I went mad after three years of watching Pehera. I don't know if Pehera really wanted to die, so that makes me a murderer plain and simple. It is likely this guilt that floods all my sleeping moments with nightmares.

PEHERA'S CURSE

The higher-ups at the lab said they were trying to recreate the butterfly. I scoffed. All records of butterflies are fiction, yet they were determined to use these folk tales to recreate an animal that never existed to begin with. Even from the beginning, I knew only the Creator could do that.

According to old records, butterflies had a human form but butterfly markings. Pehera had a hard outer shell, rough like tree bark, and possessed the face of an unidentifiable animal. If someone not associated with our lab were to walk into the dark room and come face to face with Pehera, he might have fainted on the spot. Pehera looked nothing like the exquisite and sublime butterflies of lore. Actually, the butterflies might have looked just like Pehera. Records can always be false.

"When are you leaving?"

I slowly gather my things. "Tomorrow."

"Tomorrow?"

"It's pretty far." And I may not return, I want to add. I swallow the words instead.

Stories of people who have disappeared or gone mad. Rumors about the village swirl constantly. I'm sure it's in no small part due to the fact that the village has become overrun by nature, making it nothing more than a creepy town in the woods that people visit like they would a haunted house on Halloween. As far as I know, there are no paved roads or motels. At least I have my driver's license.

SUYEON BAE

Someone would have had to accompany me if I couldn't drive, and it's far better to be lost alone than with someone. Plus, it will be much easier to commit suicide if I'm alone, if it should come to that.

"Kim Yuhi, are you really going to do this?"

"Why? Are you going to take care of me if I get fired?"

"I mean, I could."

"Never mind. I'll see you when I get back. I'll do such a good job they'll give me a promotion."

I shrug my shoulders and make my words sound as light as possible. Mary sighs and hugs me tightly. Like family. Mary's heartbeat spreads throughout my body, and suddenly I really, really don't want to go.

The best-case scenario is dying in that village. The worst would be actually finding a butterfly and having to bring it back to the lab.

To this lab, where they will cut the butterfly open and take from her what is not theirs.

I pack my bag full of canned food and energy bars before throwing it in the trunk. Do I need more bottled water? Do I have enough gas? I shut the trunk. It'll be fine. My heart races as I turn the key in the ignition. Am I scared right now? I am surprised to discover I am still capable of fear. Never underestimate a human's survival

PEHERA'S CURSE

instincts, a person's will to live. I step on the accelerator, imagining Pehera's face in the final moments of its life.

A familiar feeling comes over me as I approach the village entrance. It resembles the entrance to my grandmother's house, where I visited once when I was a child. Or it doesn't, I can't really remember. A stone with the Chinese character '菱', meaning yellow water-lily, written prominently on it rolls about on the ground. Why yellow water-lily? I have never heard of a pond being in the village. Add to that the fact yellow water-lilies are found in the central southern regions, there is no possibility of them growing in this village. The road into the village from the entrance is so rough and rugged that I decide to leave the car and make the rest of the trip on foot. I hurry along, aware that I must return to the car before the sun sets. Once darkness settles, I will be unable to discern the road from dirt fields.

The "village" is in such a state of disrepair that it can hardly be called that. Most of the houses are caved in on themselves, and even those still standing are blanketed in vines and plants. Most structures look similar in shape, but they are painted in all different colors. The breeze seems to carry undead spirits with it as it passes. I zip up my jacket and continue to walk. Some places sparkle in the sunlight, and others live in permanent shadow under a canopy of trees. It's strange how I go from yin to yang, dark to light, in just a few steps. Is it the butterfly's curse? They say this village suffered many a famine back in the day. Unless all the trees were chopped down and the soil reworked, it would be impossible for anything to grow on this land.

    I wander for hours with nothing to show. I do see small signs every so often, pointing out directions. By virtue of these signs alone, it would be hard to truly get lost here.

I walk for days. I refuse to rest, even though my legs are screaming. I feel like a wild animal, stalking through the forest wordlessly. Would Pehera have been happier out here? Maybe then it wouldn't have made such bloodcurdling sounds. I hear his screams in my ears.

    That's strange.

    "It's quiet."

    My low voice echoes in the air.

    The woods are silent. Peculiar. Now that I think about it, the only sounds I've heard over several days is the soft rustling of branches or leaves in the breeze. Not a single animal or insect sound. Why am I just now realizing this? On top of that, in stark contrast to the dilapidated houses, the street signs are clean and fresh. The letters clear and easy to decipher. As if they are pointing me in a particular direction, willing me even. I walk up to a sign and touch the pole. The cold shock of the metal permeates throughout my body. I take a step back.

PEHERA'S CURSE

At the faint *crunch* of a footstep, I turn my head. I thought I had explored every corner of this village over the last three days, but there it is. A new road. It's clean and paved, unlike any other road I've seen here. I lift my head to the sky. A clear day. Clouds float along as if in a painting. If I could pick the day I die, today would be ideal. Pehera died in agony, I'm sure of it. Which means I should die slowly, full of terror and pain too.

I follow the well-manicured walking path for an eternity. It does not circle the village, and it does not lead to any other town. It is simply a straight line, connected to no other road, that extends farther than the eye can see. I look back, and my starting point is no longer visible. I have two energy bars and a small bottle of water in my pocket. I estimate I could survive for maybe a week if I get lost in these woods. I take out my cell phone. No service. Of course, I haven't had service since the minute I stepped into the village. I continue walking. I am pulled by something, yet I have no idea what awaits me at the end of this road. It reminds me of the endless trek my soul will inevitably make in search of its final resting place. It's not half bad, then, considering it's the road to Hades.

I finally hit a fork in the road, and without hesitation I veer left. My body naturally leans in that direction, and besides, it's wilder. More run-down, like the rest of the village. Fallen trees litter the path and dense thickets cast a shadow on my feet.

SUYEON BAE

In the middle of the path stands a lone cave. I think of the records I was forced to read back at the lab. The butterfly cave. In contrast to the notes that described elegant flower decorations and an ornate altar, the cave looks desolate and eerie. It looks less like a home for the butterfly and more like a maw that snaps up humans.

I decide to enter the maw.

A tingling pain courses through my legs, days of walking finally catching up to me. I begin climbing my way to the cave. It stands not on a full cliff, but on a hill too steep to walk up. Perfect for climbing. I feel like a sinner clawing her way to God from hell. I arrive just as my hands turn red and my arms begin to shake. How will I make it back down? The only way seems to be to slide down on my backside, which will undoubtedly cause at least some sort of serious injury. There's no way I can make it all the way back to the car in that state. So I guess that means death.

I sit at the cave's entrance and retrieve an energy bar from my pocket. A cold wind blows from deep within the cave. I open the wrapper and take a bite. An odd mix of sweet and nutty. I'm alive. How shallow human is, to judge she is alive by the sensation on her tongue.

Spring is in the air. I hadn't noticed them on my way here, but now I see small flowers scattered all along the path. They are so small

PEHERA'S CURSE

that they blended perfectly into the soil underneath; they are the kind of flowers you do not have to see if you don't want to. I hang my head between my knees. I will never be forgiven.

"Can you come here please?"

I stand up in a trance. In four days, I must leave this village. Whether I succeed or not I will return to the lab, and I will say hello to the new Pehera. How will I react when I see the new Pehera, the Pehera that is utterly different from the old one?

You killed me, glares Pehera. *Thanks for killing me, but here I am, reborn. Such power you hold, you Creator!* Pehera laughs. Whether Pehera curses me or forgives me, I am still stuck in this body to live with myself. What will people think when I return empty-handed? *Not only did she blow everything up, but then she just took a week off work.* My head aches. Sadness creeps over me. I'm sorry, Pehera. I'm sorry. I was too scared to die, so I killed you instead. What a monster I am.

"Deeper. Come here, please." The voice in my head is kind. The warm tone makes everything else fuzzy. How long have I been walking in this cave? My steps are slow, but my journey is never-ending. I have never heard of a cave so deep. I forge ahead, gripping the cave wall with my left hand. I feel my eyes atrophy in the dark. Would I go blind if I lived here long enough? At least my hearing and sense of touch will develop more acutely. A warm spring breeze greets me, along with a faint light.

SUYEON BAE

"Can you come here, please?"

The courteous request stops me in my tracks. Where is the light coming from? I look around, but all that exists around me is the cave. There is no opening or mechanism from which light can flow.

"Who are you?"

My voice, hoarse from days of unuse, reverberates through the cave. It bounces from wall to wall like an echo until it is met with another voice, my voice again.

"Have you lost your way? Are you injured?"

No. I live here.

"Pardon?"

Are you lost?

The very question I asked has returned to me. I squint and slowly walk toward it. Toward the light.

This place is no longer habitable for humans. You should leave now. A storm is coming soon. That will change the roads in the woods. You will have misfortune if you don't leave now.

The calm and pleasant voice reaches my ears. It does not echo, but pierces directly into me.

"Are you... a butterfly?"

I crouch in front of the butterfly. She lies still like a corpse, her eyes fixed on the cave ceiling. I can't see her form clearly in the dim light. She looks like a mystical creature, impossibly beautiful.

PEHERA'S CURSE

A butterfly in the form of a human, with wings spread out in all directions. She is adorned in a dress of an unidentifiable color that drapes her body.

Perhaps. Am I a butterfly?

She laughs, but her face remains unmoving like porcelain. Her mouth is shut tightly.

Countless people have come here, seen me, and left. The Silent Woods detests humans. The minute it senses hesitation, it sends a storm. A person's light goes out so easily once he is engulfed in these winds. It is best that you leave now.

"There is something I want to know."

What is it?

"Do butterflies curse humans?"

There was only silence for several seconds.

Butterflies have no interest in humans. Humans are simply entities—existences that provide neither dreams nor refuge for butterflies. I rather think it is the other way around. Curses are sent from humans to butterflies.

"There are no clear records about this village. But according to the ones I have read, the villagers once worshiped butterflies like gods. This cave was even the location of special ceremonies, ancestral rites."

Have you ever seen a butterfly fly up into the sky?

"Yes. An insect butterfly, not... your kind."

SUYEON BAE

A butterfly swimming freely through the air is beautiful simply for being free. A butterfly locked up in a dark prison will plummet to her death, her wings turning to dust. Butterflies prefer bright places. A butterfly is beautiful when bathed in light; in the dark, it is nothing at all.

"Did humans lock you up?"

Have you ever loved a butterfly?

"I've never loved anything."

Yes. That's smart. The world is too small to accommodate the love a heart is capable of. I came here willingly. My wings, set ablaze, crumbled to ash and spread to all corners of the earth. A wingless butterfly has nowhere to go. Only an evil heart could love a fallen butterfly. If not for that, my heart would have turned to ash as well.

"I don't understand."

There was a person who visited me every day. This person knew about the tales. The stories that said butterflies cursed humans, that they could kill humans on a whim. But still, this person came. A kind person is always bathed in light.

That light saves lives and enables the world to live on. Those who covet a heart of salvation are bound to be cursed. My body, and my existence within it, is my punishment. I don't wish for any visitors, yet when I feel someone is near I cannot help but call them here. It is quite the bad habit.

"Did you love a human?"

PEHERA'S CURSE

I love everyone and everything. It's a small world. I must love to fill my heart.

"Are you lonely?"

Is there any living thing that is not lonely? Each day of my existence is a lonely one.

"Butterfly, can you not move from this place?"

I don't know. I don't know how much time has passed. I fear if I try to move my body now, it will crumble. You will be afraid once you see my fractured body.

"My name is Kim Yuhi."

It's a beautiful name.

"Can we meet again?"

The storm will not stop, so it will be difficult. Leave now. If you wait any longer, you will disappear with the village.

A burst of cold mingles with the warm air. My skin prickles, and I start to shiver faintly.

"Are you a butterfly?"

I am me. If you think of me as a butterfly, then yes, I may just be a butterfly.

I feel groggy, as if I have just woken from a Nyquil-fueled sleep. A chill emanates from the ground and causes me to cough. My eyes

SUYEON BAE

are bleary; I clench them shut then open them. A cool wind blows. The sun will set soon. I am on the ground by the village entrance, not far from the car. Did I pass out?

I pull myself up and retrieve the water bottle and energy bars from my pocket, only to find the bottle empty and one of the bars already eaten. Is this really all I had packed? How foolish of me, to think this would have sustained me for the entire trip. I stand up, and my legs jolt in pain as if I have engaged in several hours' worth of exercise. I may not be in the best shape, but surely a short trip such as this should not have caused such muscle soreness. I hold my throbbing head and make my way to the car. I was only able to look around the quiet village for a short time. Every so often, I heard birds chirping. When the sun is out, the dilapidated buildings are in full view. In the cover of darkness, they vanish completely into black. I take out two pain relief patches from the trunk and put them on my legs. My whole body starts to tingle from the chemically-induced cold.

Will I be censured for returning empty-handed? They may take the money they need to repair the lab out of my paychecks. At least if I don't quit my job, they won't sue me for damages. Of course, I will be chained to my desk for the foreseeable future. A bitter laugh escapes me.

Surely they will laugh at me if I tell them I was so taken aback by Pehera's pained countenance that I accidentally yanked the

PEHERA'S CURSE

wire. Who do I see about the eternal nausea that is caused by the sight of a creature tortured by humankind?

The source of all suffering has been me. I killed Pehera, so I am a murderer.

I will never be forgiven. Not by Pehera, not by myself.

I take one last walk around the village. Birdsongs echo in the tranquil forest.

I slowly drive out of the village and into cell phone signal range. My phone trills, and I pull over to check it.

[Are you alive? You probably have no service anyway, so I'm texting instead of calling. I hope you don't die trying to check your phone while driving.

I've been looking into butterflies more, using the archives at the lab. I didn't find anything special, but there was this one picture I found of this ancient village. Take a look when you get a chance. (Don't look if you're driving. Imagine surviving the village but dying in a car accident on your way back.)

I'll tell you about Pehera when you get back. It's not good news.

Message me back.

(Picture Attached)]

In the photograph are two people. The first is a woman with long straight hair and red and green patterns on her skin. She wears a plain white dress. She looks just like a picture, pretty and delicate. A few steps away from her stands a man, his body rigid and straight.

Can you come here please?

I hear a voice beckoning me.

Curses are sent from humans to butterflies.

Perhaps. Am I a butterfly?

I am just me. If you think of me as a butterfly, then yes, I may just be a butterfly.

I wonder if everyone thought of her as a butterfly. Did they see her, as pretty as a picture, and put all their hopes and dreams of salvation onto her? A single change in the definition can transform or save. I look at the picture for a long time. A common face, one you might see anywhere. Her long hair flutters in the wind.

It's a beautiful name.

"Butterfly" is a beautiful name. A name that imprisons.

I'm sure Pehera wanted to live. It wanted to live freely, without being restrained. If the liberty it ultimately gained was through death then surely, it curses me. The act of breathing is liberty that cannot be attained through death.

I rifle through the papers in the passenger seat until I see the small journal. I open it to a photograph Mary took years ago. I am squinting, my face a strange contortion the moment before the flash goes off. Behind it are several photographs my father took with his film camera. Photos of my mother in the white dress she

PEHERA'S CURSE

loved to wear. She looked just like a butterfly whenever her long hair swayed in the wind. I look at the picture of my parents for a long time.

What is it that saves humans? Surely it is not the butterfly. What is it, then, that curses humans? This too, surely cannot be the butterfly. It is too simple, too idealistic to claim that the butterflies who float through this world save and curse all the billions of people that exist. God loves his creations and therefore acts as a support system for humankind, but there is no divine will or meddling in human lives.

I believe in you. I love you, the butterfly whispers, doing absolutely nothing at all.

Did the humans who broke the butterflies' wings with their twisted convictions fall to the depths of hell? Why did my mother choose to become a butterfly and enter that deep, dark cave willingly? She must have known that decision would strip her of all freedom. When she painted her body with her colorful pigments, walked into the cave, and closed her eyes, what was she thinking of?

I am suffocating with questions I will never know the answers to.

I return to the lab, weary and worn down. I have no desire to hear any bad news regarding Pehera. I dig out my employee ID from deep within my bag and open the door. The lab has been fully restored, looking identical to before the incident and more solid than ever. The air gets mustier the deeper I forge ahead into the building. It's the dead of night, but Pehera's dwelling is bright. As a flame tempts insects, Pehera's light beckons humans.

I open the door wide.

"Pehera."

Strange, bizarre, otherworldly Pehera. Pehera, who is so far from the definition of beauty that humans have constructed and forced onto everything. It is because of this that Pehera must writhe alone in the dark.

"Beautiful Pehera."

Pehera's existence itself is an exquisite miracle. Indeed, Pehera was the true butterfly all along. The butterflies in the pictures were just sculptures made for the pleasure of humans.

I suck in a breath as I watch Pehera emit horrible creaking sounds. My lungs fill with the smell of artificial dirt. Pehera looks just like a yellow water-lily with its damp amber skin.

"Let's return to the village."

Pehera's contorted face surveys me as I step toward it tentatively. Such a beautiful smile. I have been saved.

가닿은 세상

배수연

나비와북
Nabiwabook

가닿은 세상

찍는다? 하나, 둘, 셋. 찰칵. 미약하게 터지는 플래시에 눈을 살짝 찡그린다. 메리는 와하하, 웃음을 터트리며 내게 다가왔다. 어떻게 나왔어? 나의 질문에 메리는 어깨를 으쓱거리며 고개를 젓는다. 모르지, 필름카메라는 인화하기 전까지 볼 수 없으니까. 나는 고개를 끄덕인다. 그렇네. 필름카메라는 인화하기 전까지 결과를 알 수 없다. 내가 눈을 감았는지, 떴는지, 찍히지 않았는지, 전혀 알 수 없다. 필름이 딱 한 장 남아있던 필름카메라. 그것은 아빠의 유일한 유품이자 엄마의 기록이다.

배수연

【기록 1.
햇빛이 조명처럼 비친다. 투명한 빛이 땅으로 쏟아질 때 시작되는 춤. 우아한 손짓에 구원받은 자들. 나비의 의무는 그것에서 시작된다. (……)

기록 2.
마을 사람들이 처음 나비를 섬기기 시작했을 때, 지독한 흉년이 들었다. 그 나비는 화형당해 죽었다. 나비의 날개에 불을 붙여 그것이 온 몸으로 번지는 것을 마을 사람 모두가 지켜보고 있었다. 숨소리조차 조심스러운 적막 속에서 나비는 비명 한 번 지르지 않고 불타 죽었다. 적색과 녹색의 적절한 조화가 퍽 아름다웠던 나비는 이제 역사 속에 집어삼켜졌다. 그 이후로 적색과 녹색의 날개는 나오지 않았다고 하니 정말로 역사—또는 전설—인 것이다.

기록 3.
(……) 나비가 언제 생겨난 것인지, 어떻게 태어난 것인지 제대로 알고 있는 사람은 아무도 없다. 애당초 이 마을에만 존재하는 것이니 세상 사람들은 나비라는 게 있는 줄도 모르고 살아간다. (……) 나비는 밖으로 잘 나오지 않고, 나비가 거주하는 동굴 속에는 나비와 나비를 가장 가까운 곳에서 지켜보는 접견(蝶見)만이 출입할 수 있다.

가닿은 세상

(……)】

바스락 거리며 종이가 넘어간다. A4 용지에 빼곡하게 적힌 글자들에 멀미가 났다. 대충 눈으로 훑어 읽은 부분에 형광펜으로 표시를 해두었다. 징계쯤으로 받은 연구 자료는 서서히 나를 좀먹고 두통을 일으킨다. 역사인지 전설인지 제대로 판별할 수도 없는 일을 맡는 것이 유쾌한 사람은 없을 것이다. 나비에 대해 조사하라니. 문제를 일으켰으니 알아서 퇴사하라는 말처럼 들린다. 그냥 확 퇴사해버릴까 생각하다가도 죄책감에 고개를 숙이게 된다.

"자료는 좀 읽어봤어?"

어느새 옆으로 다가온 메리는 커피를 건네며 물었다. 나는 고개를 끄덕이며 컵을 받아든다. 뜨거운 드립커피다. 며칠간 잠을 설쳐 다크서클이 짙게 생겼다. 메리는 흰 가운을 벗어 의자에 걸쳐두곤 내 손에 들린 종이 뭉치를 낚아챘다.

적막한 사무실 안에 메리가 넘기는 종이 소리가 찬찬히 울렸다. 창밖을 보니 이미 밖은 어두워졌다. 메리는 안경을 고쳐 쓰며 종이를 책상위에 올려둔다.

"가볼 거야?"

"그거 제대로 된 질문이야?"

"사과할까?"

"됐어. 연구소 날려먹은 건 나니까."

배수연

"정확히 너랑 나랑 같이 한 거지."

나는 눈을 질끈 감고 한숨을 내쉬었다. 머리가 울린다. "또 사과할까?" 메리의 말에 나는 고개를 저었다. 전혀 사과받을 일이 아니다. 메리의 입장에서 보면 사고에 가까운 일이었다. 발단이 나였으니 내 책임이겠지. 메리는 그저 내 옆에 있었을 뿐이지만 방관자도 죄인이라며 내게 거듭 사과했다. '정확히 봤어야 했는데, 미안해.' 반복되는 사과를 들으면서 나는 하하하, 웃어버리고 말았다. 메리는 그때 내가 미쳐버린 줄 알았다고 한다.

사실 미친 것도 맞았다. 웃으면서 프헤라 대신 내가 죽었으면 좋겠다고 생각했으니까. 게다가 반쯤은 고의도 맞았던 것 같다. 이렇게 될 거라고 예상을 아주 못한 것도 아닌 것 같다. 모든 것이 모호하다. 그 일을 떠올리면 머릿속에 안개가 낀 것처럼 몽롱해진다.

프헤라는 우리 연구소—개인 사업장에 딸린 생명과학 연구소이다—에서 근 3년간 몰두해서 연구하던 생명이다. 식물도 동물도, 그렇다고 사람도 아닌 프헤라는 종종 절규에 가까운 비명을 질렀다. 식물DNA를 주입할 때에는 미쳐버린 것처럼 웃었고, 동물DNA를 주입할 때는 꺽꺽대며 공포영화에서 나올 법한 소리를 냈다. 평소에는 박제된 것처럼 미동도 없다가 곤충을 보면 짐승이 포효하는 것처럼 울었다.

가닿은 세상

그것을 3년간 지켜본 결과 미쳐버린 것이 분명하다. 프헤라가 정말 죽고 싶었을지 어떨지 모른다. 그러니까 나는 그저 프헤라를 죽인 살인자에 불과한 것이다. 그 죄책감에 매일 밤 악몽을 꾸는지도 모르겠다.

연구소는 나비를 다시 만들 거라고 했다. 나비를 다시 만든다니. 웃기지도 않는다. 제대로 된 기록도 남아있지 않은 소설 같은 내용의 자료를 보고 나비를 다시 만든다니. 창조주가 아닌 이상 불가능에 가깝다.

기록의 나비는 사람의 형상을 하고 나비의 무늬를 가졌다고 한다. 프헤라는 나무같이 딱딱한 표피에 알 수 없는 동물의 얼굴을 가지고 있었다. 일반인이 불 꺼진 연구소에 잘못 들어와 프헤라를 봤다면 기절했을 지도 모를 기이한 형상이다. 아름답고 숭고하다고 표현되는 나비와는 전혀 다르다. 아니지, 나비도 프헤라와 비슷하게 생겼을지도 모를 일이다. 기록은 언제든 거짓으로 남길 수 있는 것이니까.

"언제 출발 할 거야?"

나는 천천히 짐을 챙겼다. 메리의 질문에 숨을 짧게 내쉬었다.

"내일."

"내일?"

"응, 별기도 하고."

갔다가 돌아오지 못할지도 모르니까. 뒷말은 꿀꺽 삼켰다.

배수연

실종이 되었다느니, 정신이 반쯤 이상해졌다느니, 그 마을에 갔다가 겪은 일의 소문이 한 두 가지가 아니다. 이미 자연과 융화된 마을은 몇몇 사람들에게는 그저 공포체험 쯤으로 취급되니까. 제대로 된 길이 있는 것도 아니고 제대로 된 숙박시설이 있을 지도 의문이다. 면허를 따둬서 다행이라고 생각했다. 운전을 못 한다면 분명 한 명이 더 따라붙을 것이고, 둘 이서 탐험을 하다 조난을 당하는 것보다 혼자가 났다. 자살하기도 편하고.

"김유희, 진짜 가볼 거야?"
"왜 이래? 나 퇴사하고 백수 되면 네가 먹여 살릴 거야?"
"뭐, 나쁘진 않지."
"됐어. 다녀와서 보자. 제대로 해 와서 승진이나 하련다."

나는 어깨를 으쓱하며 가볍게 말했다. 메리는 한숨을 내쉬며 나를 꼭 껴안는다. 가족같이.

메리의 심장의 두근거림이 온 몸에 퍼지는 느낌이 들었다. 아아, 가기 싫어라.

가장 좋은 것은 그 마을에 가서 실종되어 죽어버리는 것이다. 최악은 정말로 나비를 발견해서 이 연구소로 데려오는 것이겠지.

이 연구소에, 나비의 몸을 갈라 무언가를 갈취할 곳에.

가닿은 세상

통조림과 에너지 바를 잔뜩 가방에 넣고 트렁크에 구겨 넣었다. 물이 좀 더 필요하려나? 기름은 충분하려나? 한 번 더 살펴보는 것이 귀찮아, 그냥 뚜껑을 닫아버렸다. 어떻게든 되겠지. 시동을 걸었을 때 왠지 심장이 빨리 뛰었다. 설마 지금 무서운 건가? 이제 와서 또 무서울 게 남아있다니. 사람의 생존 본능은 웃기게도 잘 작동한다. 마지막 순간에 본 프헤라의 얼굴을 떠올리며 나는 엑셀을 밟는다.

마을의 입구에 다다랐을 때 나는 무언가 익숙한 기분이 들었다. 어릴 적 한 번 가본 할머니 댁의 입구와 비슷한 것 같다는 생각을 했다. 전혀 아닐지도 모르지만. '蝶(접)'이라는 한자가 크게 적힌 돌이 옆으로 누워 굴러다니고 있었다. 나비 접이 아니라 개연꽃 접자이다. 웬 개연꽃? 마을에 연못이 있다는 소리는 들어본 적이 없다. 게다가 중부 이남지역에 분포된 식물이라 이곳에서는 자라지 않을 것이 뻔하다. 기묘하네, 그런 생각을 하며 발걸음을 옮겼다. 입구에서부터는 차를 가지고 들어갈 수 없을 정도로 길이 험했다. 그러니 해가 져 길을 알아볼 수 없게 되기 전에 차로 다시 돌아와야 한다.

마을은 이미 마을이라 불리기 어려운 수준이 되어있었다. 집은 거의 무너져 있었고, 일단 서있는 집도 넝쿨과 키 큰 식물에 뒤덮여 들어갈 수 없었다. 외관은 거의 비슷한 정도의

배수연

집으로 추정되었지만 크기는 가지각색이다. 귀신이 나올 것처럼 으스스한 바람이 분다. 나는 외투의 지퍼를 잠그면서 계속 걸었다. 어느 곳은 햇빛이 잘 들었고, 또 어떤 곳은 나무에 가려 완전히 어두웠다. 불과 몇 걸음 차이로 음양이 바뀌는 것이 이상하다. 나비의 저주라도 걸린 것일까? 흉년이 자주 들었다는 게 거짓은 아닌 것 같았다. 나무를 베어 숲 자체를 정돈하지 않는 이상 이곳에서 농사는 어려울 것처럼 보였다.

마을 곳곳을 돌아다녀도 별 소득이 없었다. 게다가 실종 이야기는 거짓말이 분명했다. 길이 없는 것처럼 보이긴 했지만 중간 중간 표지판이 있어, 방향을 잃어버릴 일은 없었다.

며칠을 그렇게 걸어 다니기만 했다. 다리가 아파도 쉬지 않았다. 아무 말 없이 숲을 걷기만 하니 산짐승이 된 기분이 들기도 했다. 프헤라가 이곳에서 살았다면 좀 더 행복하다고 생각했을까. 그런 공포스러운 소리는 내지 않았을지도 모른다. 절망하지 않는 이의 절규는 마음을 따끔거리게 한다. 귓가에 울리는 흉측한 소음이 떠오른다.

그러고 보니.

"조용하잖아."

내 목소리가 낮게 울린다.

가닿은 세상

숲이 조용하다. 이상하다. 며칠간 이곳을 돌아다니며 들은 것을 떠올리니 역시 바람에 의해 풀이나 나뭇잎이 흔들리는 소리뿐이었다. 동물도, 곤충도 없다. 왜 눈치 채지 못했지? 게다가 완전히 허물어져가는 집들과 달리 표지판은 깨끗하고 꼿꼿하게 서있다. 제대로 글씨가 보이기도 했다. 마치 안내하는 듯이. 사람을 어딘가로 데려가려는 듯이. 나는 표지판 가까이 다가갔다. 기둥을 만지자 차가운 금속의 온도가 피부를 타고 몸에 스며든다. 섬뜩한 기분이 들어 뒤로 한 걸음 물러났다.

바스락, 무언가 밟히는 소리에 고개를 돌렸다. 근 3일간 돌아다니며 이 마을의 위치는 거의 다 파악했다고 생각했는데, 새로운 길이 있었다. 이때까지 다녔던 길과 달리 깔끔하게 치워진 길이었다. 고개를 들어 하늘을 올려다보았다. 맑다. 구름이 그림처럼 아름답게 떠다닌다. 죽는 날을 고를 수 있다면 딱 오늘 같은 날이 좋을 것이다. 숨을 길게 내뺕은 후 걸음을 옮겼다. 프헤라는 고통스럽게 죽었을 것이다. 그러니 나는 프헤라보다 더 죽음에 대한 공포심을 느끼며 서서히 죽어가는 게 맞는 것 같다. 그렇게 생각했다.
잘 다듬어진 길을 걷는다. 산책로 같은 길이 끝도 없이 이어져있다. 마을 주변을 도는 길이나 마을에서 마을로 이어진 길은 아닌 게 확실했다. 거의 직진으로 이어진 길이

배수연

샛길 없이 계속해서 이어지고 있다. 뒤를 잠시 돌아보니 이미 시작점은 보이지 않는다. 주머니에는 에너지 바 두 개, 작은 물통이 하나 들어있다. 조난을 당하게 되면 겨우 일주일 버틸 수 있으려나. 핸드폰을 켜보니 전파가 잡히지 않는다. 하긴, 그건 마을에 도착했을 때부터 그랬으니. 그런데도 걸음을 멈출 수가 없다. 무엇이 나를 이끌고 있는 것인지, 길이 끝나는 곳에는 어떤 것이 자리 잡고 있는 것인지 알 수가 없다. 모르는 상태로 계속해서 걷는 것이다. 꼭 황천길 같다고 생각했다. 뭐, 황천길이 이정도면 나쁘지 않군. 다리가 좀 아픈 것 빼면. 진짜 황천길이면 죽었으니 다리의 고통 같은 건 느껴지지 않을 확률이 높으니까.

 갈림길이 나왔을 때 나는 망설이지 않고 왼쪽을 선택했다. 몸이 왼쪽으로 돌아가는 게 자연스럽기도 했고, 깨끗한 오른쪽 길과 달리 마을과 비슷하게 더러워 보였기 때문이다. 나무가 이리저리 규칙성 없이 쓰러져 있고 우거진 수풀에 그늘이 많다.
 그 길은 다시 끝없이 이어져 있었고, 그 중간에 동굴이 하나 있었다. 문득 연구소에서 읽었던 자료가 떠올랐다. 나비가 거주한다는 동굴. 동굴 입구의 아름다운 꽃의 장식이 널브러져 있고, 나비를 위해 바치는 제단이 있다는 자료와

가닿은 세상

달리 황폐하고 으스스해 보인다. 나비가 사는 곳이 아닌 사람을 잡아먹는 동굴이 더 잘 어울려 보인다.

들어가 볼까.

잠깐 고민하는 사이, 내내 걷다가 멈춘 다리에서 저릿한 통증이 점점 피어 오르기 시작했다. 평소에도 운동량이 많은 편이 아니니 한계를 넘어선 것이다. 고통이 느껴지는 순간, 나는 동굴의 입구를 향해 기어오르기 시작했다. 완전한 절벽은 아니지만 그렇다고 걸어서 올라갈 정도의 경사도 아니다. 기어서 올라가기에 적합한 각도다. 지옥에서 신을 향해 기어오르는 죄인이 된 것 같다. 손이 벌게지며 팔이 떨리기 시작했을 때 겨우 도착했다. 내려갈 때는 미끄러져 내려가야 하나. 자칫 잘못했다가 떨어지면 죽는 것은 아니더라도 큰 부상을 입을 것이 분명했다. 그런 부상을 입고 다시 마을의 입구로 돌아가는 것은 불가능에 가까울 것이고, 결국 죽음에 이르겠지. 조난이군.

동굴의 입구에 앉아 주머니에 넣어둔 에너지 바를 하나 꺼냈다. 동굴 깊숙한 곳에서 서늘한 바람이 불어온다. 나는 껍질을 조금 까서 에너지 바를 입에 물었다. 묘한 단맛과 견과류의 고소한 맛이 느껴진다. 살아있구나. 맛으로 삶을 판단할 수 있다니, 사람은 참 간편하다.

배수연

　마을에서는 느껴지지 않는 봄의 기운이 어디선가 몰려온다. 걸어올 때는 몰랐는데, 조금 위로 올라와서 보니 흐트러진 길 주변에 작은 꽃들이 얼굴을 내밀고 있다. 길을 걸을 때에는 너무 작아서 보이지 않는, 보려고 하지 않으면 보이지 않는, 그런 꽃들이다. 무릎을 세워 고개를 파묻었다. 나는 용서받지 못할 것이다.
　'*여기로 와주시겠어요?*' 어떤 목소리에 나는 홀린 듯 일어났다. 앞으로 나흘이면 이 마을에서 떠나야 한다. 수확이 있든 없든 나는 연구소로 돌아갈 것이고, 그곳에서 다시 만들어지는 프헤나를, 새로운 프헤나를 마주하게 될 것이다. 이전과는 전혀 다르게 된 프헤나를 보게 된 나는 어떻게 될까. 네가 나를 죽였지, 매섭게 쏘아보는 프헤나. 죽여줘서 고마워, 그렇지만 나는 또 살아나게 되었어, 신이 따로 없네! 웃어버리는 프헤나. 프헤나가 나를 저주하든 용서하든 뭘 하든, 나는 스스로를 견디지 못할 지도 모르겠다. 빈손으로 돌아가면 사람들이 뭐라고 생각할까. 사고를 친 것도 모자라 일주일간 휴가—라고 생각하겠지—까지 다녀오다니, 그렇게 생각할지도 모르겠다. 머리가 지끈거린다. 우울은 점점 나를 좀먹고 슬픔과 손잡게 만든다. 미안, 프헤나. 미안합니다. 죽을 용기가 없어서 당신을 죽여버렸네요. 아아, 끔찍한 사람이네요.

가닿은 세상

 '*더 깊숙이, 여기로, 와주시겠어요?*' 머릿속에 울리는 목소리가 다정하다. 따스한 목소리는 모든 것을 흐릿하게 만든다. 캄캄한 동굴을 얼마나 걸었을까. 걸음이 느린 탓도 있겠지만 한참을 걸어도 끝이 없다. 이렇게 깊은 동굴이 있다니. 크지도 작지도 않은 동굴. 왼쪽벽을 잡고 천천히 나아간다. 어둔 것에 익숙해진 눈은 점점 퇴화한다. 이곳에서 오래 살다 보면 시력을 완전히 잃게 될지도 모르겠다. 대신 청력이나 촉각이 발달하게 되겠지. 동굴의 안쪽으로 갈수록 기묘한 바람이 불었다. 따뜻한 봄내음이 나는 바람. 희미한 빛.

 '*저에게 다가와 주실래요?*'
 예의바른 말투에 나는 걸음을 멈추었다. 어디에서 빛이 들어오는 걸까. 주위를 둘러보아도 사방은 동굴 속이다. 빛이 나올 구멍도, 장치도 없다.
 "누구세요?"
 오랫동안 말을 하지 않아 갈라진 목소리가 동굴에 울려 퍼진다. 메아리처럼 사방으로 튕겨져 나갔다 나에게 돌아오는, 나의 목소리.
 "여기서 길을 잃으셨나요? 아니면 다치셨나요?"
 '*아니에요, 여기는 제가 사는 곳이에요.*'
 "네?"
 '*길을 잃으셨나요?*'

배수연

내가 했던 질문을 다시 돌려받는다. 나는 눈을 가늘게 뜨며 천천히 걸음을 옮겼다. 빛이 서서히 가까워진다.

'이곳은 이제 사람이 살 수 없게 되었어요. 어서 떠나는 것이 좋을 거예요. 곧 폭풍이 몰려올 거예요. 그럼 숲의 길이 바뀌니까요. 여기서 나가지 못하게 되면 불행해져요.'

잔잔하고 듣기 좋은 목소리가 나에게만 도달한다. 메아리처럼 울리지 않고 오롯이 나에게만.

"나비, 인가요?"

나는 나비의 앞에 멈춰서 쭈그리고 앉았다. 나비는 동굴의 위쪽에 시선을 고정한 채 시체처럼 누워있다. 희미한 빛으로는 나비의 모습이 명확하게 보이지 않는다. 그래서 신비롭고, 아름답다. 사람의 형상으로 작은 날개가 사방으로 흩어져 있는 나비. 무슨 색인지 알 수 없는 긴 원피스가 곧게 정돈되어 있다.

'그런 걸까요. 나비인 걸까요?'

푸스스, 흩어지는 웃음에도 얼굴은 빚어놓은 자기처럼 움직이지 않는다. 그러고 보니 입도 굳게 다물어져 있다.

'셀 수 없이 많은 사람들이 이곳에 와서 나를 보고 떠났어요. 고요의 숲은 사람을 미워한답니다. 망설이면 폭풍을 던져요. 바람에 둘러싸이면 사람은 쉽게 불빛이 꺼져버린답니다. 어서 떠나는 것이 좋을 거예요.'

"알고 싶은 게 있어요."

가닿은 세상

'무엇을요?'

"나비는 정말 사람을 저주하나요?"

입술을 살짝 깨물었다. 짧은 침묵이 몇 초간 지속되었다.

'그럴 리가요. 나비는 사람에게 관심이 없답니다. 꿀을 주는 것도 아니고, 안식처를 주는 것도 아닌 사람들은 나비에겐 그저 세상의 일부 중 하나일 뿐이에요. 저주는 사람이 나비에게 하는 것이 아닌가요?'

"이 마을에 대한 자료는 정확하게 남아있는 것이 없어요. 하지만 제가 읽었던 기록에 의하면 마을 사람들은 나비를 신처럼 모셨다고 했어요. 게다가 이 동굴에 제사도 지냈던 것 같고요."

'나비가 날아오르는 것을 본 적이 있으신가요?'

"당신이 아닌 곤충 나비라면 본 적이 있어요."

'자유로이 허공을 헤엄치는 나비는 그 자체로 아름다운 것이랍니다. 캄캄한 곳에 사로잡힌 나비는 결국 날개가 바스라지고 땅으로 추락하여 죽음을 맞이하게 되겠지요. 밝은 곳을 좋아하거든요. 아름다운 나비는 빛과 함께이기에 아름다운 것일 뿐, 아무것도 아니에요.'

"사람들이 당신을 가뒀다는 말인가요?"

'나비를 사랑해본 적 있으신가요?'

"……저는 아무것도 사랑하지 않아요."

배수연

'네, 좋은 생각이에요. 좁은 세상에서 사랑을 하기에는 마음이 너무 넓답니다. 나는 스스로 이곳에 들어왔어요. 불타오른 날개는 재로 변하여 세상 곳곳으로 흩어졌고, 날개가 없는 나비는 아무데도 갈 수 없어요. 추락한 나비를 사랑하게 되는 것은 추악한 마음뿐이겠지요. 그마저도 없었다면 내 마음까지 재가 되었을지도 모르겠어요.'

"이해가 잘 안 되네요."

'매일 저를 보러와 준 사람이 있어요. 나비는 사람을 저주하고, 나비에게 잘못 보이면 죽음에 이르게 된다는 말이 있었답니다. 그런데도 저를 보러와 준 사람이 있어요. 상냥한 사람은 언제나 빛을 몰고 다닌답니다.

그 빛은 세상의 생명을 구원하고, 살아가게 해요. 구원의 마음을 탐하는 것들은 저주받기 마련이겠지요. 제 육체가 돌아가지 못하고 남겨져있는 것은 아마도 벌을 받고 있기 때문이 아닐까요. 아무도 이곳에 오지 않기를 바라면서도 누군가의 기척이 느껴지면 꼭 이곳으로 부르게 되네요. 나쁜 습관이에요.'

"사람을 사랑했나요?"

'저는 모든 것을 사랑한답니다. 좁은 세상이기에 모든 것을 사랑해야 마음이 채워져요.'

"외로운 가요?"

가닿은 세상

'외롭지 않은 생명이 있을까요? 저는 언제나 외로이 살고 있답니다.'
"나비, 이곳에서 움직일 수 없나요?"
'글쎄요. 시간이 얼마나 지났는지도 모르겠어요. 굳은 몸을 움직이려 하면 부서질 지도 모르겠네요. 조각난 몸을 보면 두려워질 거예요.'
"제 이름은 김유희예요."
'아름다운 이름이네요.'
"또 만날 수 있을까요?"
'폭풍이 그치지 않을 테니 어려울 거예요. 자, 어서 떠나요. 더 늦으면 마을과 함께 사라지고 말 거에요.'
따스한 공기에 차가운 온도가 뒤섞이기 시작한다. 닭살이 돋으며 몸이 잘게 떨렸다.
"당신은 나비가 맞나요?"
'저는 저일 뿐이에요. 당신이 저를 나비로 생각한다면, 네, 저는 나비일지도 모르겠어요.'

🦋 🦋 🦋

약을 먹고 잠에 들었다가 깨어난 것처럼 정신이 몽롱하다. 땅에서부터 올리오는 한기에 잔기침이 나온다. 흐릿한 시야에 눈을 꾹 감았다가 떴다. 서늘한 바람이 불어온다.

배수연

곧 해가 질 것이다. 차에서 많이 떨어지지 않은 마을의 입구 쪽이었다. 갑자기 기절이라도 한 것일까?

몸을 일으켜 앉아 주머니에 넣어둔 물통과 에너지 바를 꺼냈다.

"뭐야……."

빈 물통과 에너지 바 하나, 쓰레기 하나. 정신이 하나도 없네, 이런 걸 들고 마을 깊숙이 들어가려 하다니. 차로 돌아가야지. 일어나려 하는데 다리가 아팠다. 꼭 오래 걸은 것처럼. 운동이 아무리 부족해도 그렇지 고작 그거 걸었다고 근육통이라니. 지끈거리는 머리를 붙잡고 천천히 차로 향했다. 잠시 돌아본 마을은 고요했고 종종 새 우는 소리가 들린다. 해가 뜨면 환히 무너진 것들이 보이고, 해가 지면 완전히 어둠으로 돌아가는 빈 마을. 나는 트렁크에 넣어둔 구급상자에서 파스를 두 장 꺼내 다리에 붙였다. 차갑고 화한 느낌이 전신으로 퍼진다.

아무것도 찾지 못했다고 비난을 받게 될까. 연구소를 수리하는 비용을 월급에서 까이게 되려나. 그만두지 않으면 수리비용으로 고소를 당할 일은 없을 것이다. 대신 개처럼 일하게 되겠지. 헛웃음이 슬쩍 흘러나온다.

프헤나의 고통스러운 얼굴을 보고 공포심에 놀라 전선을 잘못 건드렸다고 한다면 한껏 비웃음을 당하겠지. 사람으로

가닿은 세상

인해 고통 받는 생명을 보았을 때 생기는 두통과 구역질은 누구에게 보상받아야 하는 걸까.

 모든 고통이 결국 나로부터 시작되었으니 나는 결국 스스로를 죽음에 이르게 하고 있었던 것이겠지. 그것을 받아들이지 못하고 프헤나를 죽게 했으니 결국 살인자나 다름없다.

 용서받지 못할 것이다. 프헤나에게, 나에게.

 마을을 한 번 돌아봤다. 고요한 숲에서 새의 울음소리가 흩어진다.

 천천히 서행하며 마을을 벗어났다. 핸드폰의 전파가 터지기 시작했는지 알림음이 울린다. 잠시 차를 세우고 핸드폰을 들었다.

 [살아있어? 핸드폰 안 터질 것 같아서 전화는 안 해. 돌아오는 길에 볼 테니까 죽지 않았길 기도할게.

 다른 게 아니라 나비에 대해 좀 더 찾아봤거든. 연구소의 자료실을 도느라 얼마나 고생했는지 몰라. 아무튼, 특별한 건 없었고, 오래된 마을 역사서에서 사진을 한 장 찾았어. 첨부해줄 테니까 너도 한 번 봐. (절대로 운전하면서는 보지 마. 살아서 돌아오고 있는데 사고 나서 죽을지도 모르니까.)

 프헤라 진은 돌아오면 알려줄게. 그다지 희소식은 아니야.

 연락해.

배수연

(사진)]

메리의 문자를 빠르게 훑었다. 밑에 첨부된 사진에는 두 사람이 있었다. 긴 생머리의 여자. 민무늬의 흰 옷을 입은 여자의 몸에는 적색과 녹색의 무늬가 있다. 그림처럼 정교하고 아름다운 모습. 그녀와 조금 떨어진 곳에 꼿꼿이 서있는 한 남자.

'여기로 와주시겠어요?' 나를 부르는 목소리가 들린다.
'저주는 사람이 나비에게 하는 것이 아닌가요?'
'그런 걸까요. 나비인 걸까요?'
'저는 저일 뿐이에요. 당신이 저를 나비로 생각한다면, 네, 저는 나비일지도 모르겠어요.'

모두가 그녀를 나비라고 생각했을까. 그림처럼 아름다운 모습을 보며 우리를 구원해줄 무언가로 생각했을까. 어떤 정의는 사람을 바꾸고, 어떤 정의는 사람을 구하게 된다. 나는 핸드폰 속 사진을 한참동안 쳐다보았다. 어디서나 볼 수 있는 익숙한 얼굴. 긴 머리칼은 날개처럼 바람에 흩날린다.

'아름다운 이름이네요.'
나비는 참으로 아름다운 이름이다.
누군가를 구속하는 이름. 나는 숨을 천천히 내뱉었다. 어쩌면 프헤라는 살고 싶었을 것이다. 자유로이, 어디에도 속하지 않고. 죽음으로서 완전한 자유를 얻었다면 프헤라는

가닿은 세상

나를 저주하겠지. 숨을 쉰다는 것은 죽음으로는 얻을 수 없는 자유이니까.

조수석에 흩어진 자료를 모두 들어 올리자 작은 다이어리가 보인다. 나는 그것을 들어 펼쳤다. 몇 년 전, 메리가 찍어준 사진이 삐쭉, 고개를 내밀고 있다. 반짝이는 플래시에 눈을 찡그리기 전의 미묘한 표정의 내 모습. 그 뒤로 아빠가 찍었던 필름 사진이 정돈되어 있다.

엄마의 모습. 하얀색 원피스를 즐겨 입던 엄마의 모습. 긴 머리가 바람에 날릴 때면 꼭 날개 같은 형상이 된다. 나는 엄마와 아빠가 나란히 서있는 사진을 손에 쥐고 한참 바라보았다.

사람을 구원하는 것은 어떤 것일까. 적어도 나비는 아닐 것이다. 사람을 저주하는 것은 어떤 것일까. 이것 또한, 적어도 나비는 아닐 것이다. 세상을 헤엄치는 나비가 수많은 사람을 구원하고 저주한다는 것은 이상론에 불과하다. 신은 사람을 사랑하여 의지가 되어줄 뿐 그의 인생에 개입하지는 않는다.

너를 믿어, 너를 사랑해. 나비는 속삭일 뿐 아무것도 하지 않는다.

비틀린 신념으로 나비의 날개를 부러뜨린 사람들은 지옥에 떨어졌을까. 엄마는 왜 스스로 나비가 되어 동굴로 들어간 것일까. 그것이 온갖 자유를 박탈한다는 것을 알았을

배수연

텐데. 정교한 색을 몸에 입히고 동굴에 들어가 눈을 감았을 때 어떤 생각을 했을까.
본인이 아니면 알 수 없는 것들에 숨이 막힌다.

지친 몸을 이끌고 연구소로 돌아왔다. 희소식이 아닌 프헤라 이야기는 듣고 싶지 않다. 가방 구석에 넣어둔 사원증을 꺼내 문을 열었다. 그새 복구된 연구소는 이전과 다름없이 견고함을 뽐낸다. 건물 깊숙한 곳으로 들어갈 때마다 느껴지는 쾌쾌한 공기. 캄캄한 밤인데도 프헤라가 있는 곳은 여전히 밝다. 불빛으로 벌레를 유인하듯이, 프헤라의 빛은 사람을 유인한다.
나는 문을 열었다. 활짝, 아주 활짝.
"프헤라."
기괴한 형상의 프헤라. 사람이 정해둔 아름다움과는 거리가 먼 프헤라. 그래서 인정받지 못하고 고독함 속에서 몸부림쳐야 하는 프헤라.
"아름다운, 프헤라."
존재 자체로 경이로운 프헤라. 그래, 진정한 나비는 프헤라였다. 사진 속 나비는 사람을 위해 만들어진 조각에 불과했으니까.

가닿은 세상

공포영화에 나올듯한 삐걱대는 소리를 내는 프헤라를 보며 나는 숨을 짧게 들이쉬었다. 인공적인 흙의 향기가 폐에 맴돈다. 축축한 황색의 빛깔을 띠는 프헤라는 꼭 개연꽃 같다.

"같이 마을로 돌아가요."

천천히 프헤라에게 다가갔을 때 프헤라는 일그러진 얼굴로 나를 바라보았다.

아름다운 웃음. 구원받은 기분이 든다.

가닿은 세상
ⓒ 나비와북, 2025. Printed in Korea

지은이	배수연
번역	유경하
표지 디자인	Joe Fitz
내지 편집	Joe Fitz
전화	010-8227-8359
홈페이지	nabiwabook.com
이메일	nabiwabook2021@naver.com
블로그	blog.naver.com/nabiwabook2021
인스타그램	instagram.com/nabiwabook_publisher
출판일	2025년 04월 21일
ISBN	979-11-989928-6-4
값	6,000 원
일러스트 저작권	ⓒ 2025

- 이 책의 판권은 지은이와 나비와북(Nabiwabook)에 있습니다.
- 이 책에 실린 내용의 무단 전제와 무단 복제를 금합니다.
- 이 책 내용의 전부 또는 일부를 재사용하려면 반드시 양측의 서면 동의를 받아야 합니다.